APOTHÉOSE

DE

CHARLES-FERDINAND D'ARTOIS, FILS DE FRANCE,

DUC DE BERRY.

APOTHÉOSE

DE

CHARLES-FERDINAND D'ARTOIS, FILS DE FRANCE,

DUC DE BERRY,

SUIVIE

D'UN HYMNE A SES MÂNES SANGLANS,

MIS EN MUSIQUE PAR M. FÉTIS;

DÉDIÉE

A M. LE COMTE DE NANTOUILLET,
LIEUTENANT-GÉNÉRAL, PREMIER ÉCUYER DE S. A. R.

PAR F. L. JANILLION,
DE VERSAILLES,
ANCIEN OFFICIER DE LA GENDARMERIE ROYALE.

Viens, mon bon Nantouillet, que je t'embrasse encor!....

(Dernières paroles de Son Altesse Royale à ce vénérable serviteur, pag. 11, vers 19.)

À PARIS,

CHEZ LOCARD ET DAVI, LIBRAIRES, QUAI DES AUGUSTINS, N°. 3;

ET CHEZ { LE NORMANT, RUE DE SEINE, N°. 8.
DENTU, PALAIS-ROYAL, GALERIE DE BOIS, N°s. 265 et 266.
LECHARD, RUE HAUTEFEUILLE, N°. 3.

1820.

3

A Monsieur le Comte de Nantouillet,

Lieutenant-Général,

Premier Écuyer de feu S. A. R. Mgr LE DUC DE BERRY.

Mon Général,

Vous avez daigné applaudir au zèle qui me portait à donner une dernière marque de dévouement, trop stérile, hélas ! à la mémoire d'un Prince que tous les bons et loyaux Français regretteront toujours.

Je m'honore d'être l'un des Officiers Français à qui la Garde de Son Altesse Royale fut confiée lors de son premier retour en France : vous et M. le Comte de Laferronnays étiez

4

à ses côtés alors!... J'en reçus, vous le savez, des marques d'une bien tendre affection; elle daignait descendre avec bonté jusqu'à moi, et, dans son aimable familiarité, se plaisait à me nommer son VIEUX COSAQUE.

J'ai tâché de réunir, dans un cadre resserré, les Lettres et les Arts que Son Altesse Royale aimait et protégeait.

Si je suis resté au-dessous de mon sujet, n'en accusez point mon amour bien sincère pour un Prince généreux que je chérissais, non-seulement par reconnaissance, mais encore par le sentiment qui m'entraîna la première fois que j'eus le bonheur de l'approcher.

Veuillez, je vous prie, mon Général, être mon interprète auprès de l'illustre et infortunée Veuve de Son Altesse Royale, et déposer à ses pieds le faible tribut d'hommages que j'ai cru devoir payer aux mânes d'un Prince malheureux, que ses vertus et ses hautes qualités semblaient appeler à faire un jour la gloire et l'ornement du Trône.

J'ai l'honneur d'être,

Mon Général,

Votre très-humble, très-obéissant
et très-dévoué Serviteur,

Janillion.

APOTHÉOSE

DE

CHARLES-FERDINAND D'ARTOIS, FILS DE FRANCE.

DUC DE BERRY.

————

IL ÉTAIT NUIT. Des mois l'inconstante courrière
Du sombre Février parcourait la carrière,
Et, sous un ciel brumeux, son timide croissant
De ses feux argentés cachait l'éclat naissant.
Dans ces jours, au plaisir consacrés par l'usage,
Où l'on voit la Folie, en burlesque équipage,
Dans la cité bruyante agiter ses grelots,
BERRY, le fils des Rois, l'émule des héros,
BERRY, du Béarnais jeune et vivante image,
Modèle, comme lui, de bonté, de courage,
A d'innocens plaisirs abandonnait son cœur
Dans ce temple où, formant un spectacle enchanteur,
Rivales de beauté, d'esprit, de caractère,
Trois Muses à la fois s'unissent pour nous plaire.
Cependant nos regards avec avidité
Contemplaient près de lui cette jeune beauté,
Du trône des Bourbons chère et noble espérance,
Que légua la Sicile à l'amour de la France.

Une gaîté parfaite éclate dans leurs yeux ;
La naïve allégresse et le rire joyeux
Font glisser dans leur cœur le doux oubli des peines ;
Un sang plus rafraîchi circule dans leurs veines.
L'aiguille qui mesure et les nuits et les jours
Onze fois sur l'émail vient d'achever son cours.
Bientôt le noble couple à regret se retire
Des lieux où pour lui plaire à l'envi tout conspire.
Des pieds de leurs coursiers j'entends battre l'airain,
Des flots de blanche écume ils inondent leur frein.
Le char qui les attend s'ouvre..... D'un bras timide
L'épouse s'appuyant sur le bras intrépide
Du magnanime époux qu'idolâtre son cœur,
Monte, s'assied, regarde..... et..... jette un cri d'horreur !
Quel est ce furieux dont le bras parricide
Plonge au sein de BERRY le poignard homicide ?
Monstre, désavoué par la terre et les cieux,
Arrête !..... c'est le sang des héros et des dieux !.....
Arrête !..... Il n'est plus temps..... épouse gémissante,
En vain tu le soutiens d'une main défaillante ;
Les Parques ont filé.... tes soins sont superflus ;
Quelques instans encore..... et ton CHARLES n'est plus.
O noble fermeté ! sans effroi, sans murmure,
Je le vois arracher le fer de sa blessure.
A l'aspect du trépas, sur ce lit de douleur,
Combien va de son âme éclater la grandeur !
« Ah ! seriez-vous frappé, » dit un ami fidèle.
« — Cher Mesnard, je le sens, ma blessure est mortelle ! »

Le parricide a fui..... Volez, Choiseul, Clermont!
La foudre est moins rapide, et l'éclair est moins prompt :
Le coupable est atteint. Non loin de sa victime
Le lâche meurtrier se complaît dans son crime;
Soldats et Citoyens contiennent leur fureur;
Le respect seul des lois suspend leur bras vengeur.
Véritables Français, que toujours l'honneur guide,
Que n'ont-ils de leurs corps fait au Prince une égide?
    Cependant de l'époux qu'elle tient dans ses bras
CAROLINE un instant retarde le trépas.
De son sexe timide oubliant la faiblesse,
Son courage sublime égale sa tendresse.
Quels soins et quel amour!..... Dans ces affreux momens,
Je la vois déchirer ses riches vêtemens,
Et, couverte du sang de l'époux qu'elle adore,
Lever les yeux au ciel que sa douleur implore.
Les prêtres d'Épidaure entourent son chevet;
Mais leur science est vaine et leur art sans effet.
Quel pénible moment! leur âme en est émue!
Pour cacher leur tristesse ils détournent la vue :
La voix de la pitié pénètre dans leurs cœurs.
Ils se cachent en vain! BERRY surprend leurs pleurs :
« Ah! croyez, leur dit-il, à ma reconnaissance!
» Mais la mort mettra seule un terme à ma souffrance!
» Me voilà résigné! qu'à mes derniers momens,
» Sur mon cœur paternel je presse mes enfans!
» D'un père au désespoir, et d'un frère en alarmes,
» Des miens et de mon ROI, je veux sécher les larmes.

2

» Sainte Religion, soutien du malheureux,
» Descends à mon secours!..... qu'un ministre des cieux
» Du divin Rédempteur m'offre le sacrifice,
» Et d'un Dieu redoutable apaise la justice! »
Il a parlé. Soudain de vertueux mortels
Pour voler près de lui s'arrachent des autels.
BERRY ne leur tait rien. Son âme magnanime
Découvre sa grandeur dans cet aveu sublime.
La voix du prêtre saint montant jusques au ciel
Fait dans le pain sacré descendre l'Éternel!.....
    Cependant, qui dira les angoisses d'un père?
La nouvelle a franchi son palais solitaire.....
A ce récit, tremblant et les yeux égarés,
Du pavillon royal il franchit les degrés;
Et, pâle de douleur, court à son char rapide.
Il commande, et l'on part..... Gentilhomme intrépide,
De cette nuit pour lui redoutant le danger,
Maillé n'a pu le suivre..... Alors d'un pied léger,
Malgré ses cheveux blancs et l'âge qui le glace,
Soudain de la livrée il usurpe la place;
Et, fier du sentiment qu'il puisa dans son cœur,
Pour lui ce nouveau poste est le poste d'honneur [1]!
Vers son fils expirant le père enfin s'élance.
Il garde quelque temps un douloureux silence;
Mais bientôt ce silence a fait place aux sanglots.
Parmi les cris, les pleurs, on n'entend que ces mots:
» O mon père! ô mon fils!!!! » Au chevet de son frère,
D'ANGOULÊME se livre à sa douleur amère.

De ce frère chéri BERRY voit la douleur.....
Sur son cœur expirant il veut presser son cœur !
O tableau déchirant ! leurs âmes éperdues
Dans leurs embrassemens paraissent confondues !
Hélas ! pourquoi faut-il que la nuit du tombeau
D'une amitié si belle éteigne le flambeau !
Au-dessus du destin, la fille d'ANTOINETTE,
Ange consolateur, tient sa douleur muette.
Dès l'enfance, vouée aux plus cruels malheurs,
Calme au sein des dangers, calme au sein des douleurs,
Fût-elle née obscure et loin du rang suprême,
Elle eût, par ses vertus, conquis le diadême !
Trente ans elle a lutté contre les coups du sort,
Et sa pénible vie est une longue mort.
Cependant le héros que déjà la mort presse
S'entoure des objets que chérit sa tendresse.....
« Viens, mon bon Nantouillet, que je t'embrasse encor ! »
O Nantouillet ! ces mots pour toi sont un trésor ;
Le Prince, en expirant, t'associe à sa gloire,
Et son trépas t'élève au temple de mémoire.
Son ardente amitié prit naissance au berceau ;
Il chérit ses amis aux portes du tombeau.
Laferronnays manquait à son âme attendrie.
Sans le voir, Prince aimant, faut-il quitter la vie ?
Près du trône des Czars, en digne ambassadeur,
Du monarque Français il soutenait l'honneur.
Que son cœur va gémir lorqu'un avis fidèle
De ce grand attentat lui dira la nouvelle (2) !

2*

D'un Prince malheureux, ô fille de Biron !
Offrez à nos regards le noble rejeton !
A des pleurs éternels, en naissant condamnée ;
Orpheline au berceau, Princesse infortunée,
Viens, d'un père mourant, viens entendre les vœux !
Tu sentiras trop tôt le prix de ses adieux !
A la voix de sa fille, à cette voix si chère,
Il entr'ouvre un moment sa débile paupière ;
Il jette un œil mourant sur cet enfant chéri ;
Et soudain, rappelant son courage affaibli,
Le héros se relève, et sa main défaillante
Bénit à nos regards cette tête innocente !
Près de lui, CAROLINE exhale ses douleurs.
Alors tournant les yeux sur cette épouse en pleurs :
« CAROLINE, prends soin d'une si chère vie !
» Tu portes dans ton sein l'espoir de la Patrie ! »
Lui dit-il : à nos yeux quel nouveau jour a lui !
De quelle joie, ô ciel ! nos cœurs ont tressailli !
Oui, mon cœur en conçoit la secrète espérance,
Tu donneras encor des Bourbons à la France,
CAROLINE ! à jamais le Ciel n'a pu tarir
Ce sang que mes aïeux m'ont appris à chérir.
Oh ! si du meurtrier la rage était trompée !
Si du sang de nos Rois quelque goutte échappée.....
   On annonce le ROI!..... chacun retient ses pleurs.
Il apporte à son fils des soins consolateurs.
Étouffant ses sanglots, dans sa douleur tranquille,
On croirait voir Nestor fermant les yeux d'Achille.

Connaissant l'infortune, et ne la craignant plus,
Louis donne aux mortels l'exemple des vertus;
Et, cachant les chagrins de son âme attendrie,
Il dérobe ses pleurs, et songe à la patrie.
Ah! quel cœur pourrait voir, sans être déchiré,
Ce Roi, blanchi par l'âge, à la douleur livré,
Gardant encor d'un Roi l'imposante attitude!
Le malheur aux Bourbons semble être une habitude!
A l'aspect de son Roi, le généreux Bourbon
De son lâche assassin implore le pardon!
D'horreur et de pitié, de grandeur, de courage,
De crimes, de vertus, quel funeste assemblage!
L'instant fatal approche, et bientôt, sans retour,
Ses yeux vont se fermer à la clarté du jour.
Paris, verse des pleurs!..... ô ma Patrie! ô France!
Pour ton Germanicus il n'est plus d'espérance!

   Tandis que sur ce lit, asile de douleur,
Le héros à nos yeux révélait sa grandeur,
Les héros, ses aïeux, ces Rois de qui l'histoire
A transmis jusqu'à nous les vertus et la gloire,
Et qui, depuis leur mort, dans l'Élysée errans,
Du céleste bonheur savourent les torrens,
Jetaient alors les yeux sur l'agonie illustre
Où l'âme de Berry brillait dans tout son lustre.
Mais parmi tous ces Rois dont les mânes heureux
Peuplent ces verts bosquets, ces champs délicieux,
Le premier des Bourbons, ornement de l'histoire,
S'élève, couronné des palmes de la gloire.

Sur ces traits adorés où brille la candeur,
HENRY, je lis encor les vertus de ton cœur.
Je te vois, ô Louis !..... ombre auguste et chérie !
Toi, qu'un fer assassin ravit à la Patrie,
Salut !..... dans tes regards sereins et vertueux
Je lis de tes bourreaux le pardon généreux !
Quelle est cette victime ?..... Ah ! sa mélancolie
Dit assez les chagrins qui flétrirent sa vie,
Cette vie écoulée au milieu des tourmens ;
Elle prodigue encor ses doux embrassemens
A ce royal enfant dont la bouche céleste
Du malheur au berceau but la coupe funeste.
Un ange lui sourit, modèle de candeur ;
Vertueux, il unit la grâce à la pudeur.
ÉLISABETH ! salut ! ton ombre virginale
Rappelle à nos regrets une époque fatale.
Là, le Nestor Français, sous des lauriers assis,
Presse contre son cœur son trop malheureux fils ;
Et du noble vieillard la grande âme s'afflige
Qu'un tyran des Condés ait moissonné la tige :
Inutiles regrets !..... Près de lui j'aperçois
Le plus saint des Louis, le modèle des Rois.
Thémis lui confiant son glaive et sa balance
Prépara par ses mains le bonheur de la France,
Et Damiette le vit, foudroyant ses remparts,
Y planter de la foi les sacrés étendards.
   Les Bourbons réunis dans ces rians bocages
Y goûtaient le bonheur, récompense des sages,

Et d'un œil attentif, de la voûte des cieux,
Contemplaient de Berry les combats douloureux.
Henry, surtout, en proie aux plus tendres alarmes,
Ne pouvait dans ses yeux retenir quelques larmes ;
Et tous ils voulaient voir si, calme avec la mort,
De ce combat terrible il soutiendrait l'effort,
Digne de ses aïeux que l'univers renomme,
Et s'il saurait mourir en chrétien, en grand homme !
Cependant, mille cris, élancés dans les airs,
Ont du ciel étonné suspendu les concerts.
Quel séraphin porté sur les ailes des anges
Traverse en souriant les célestes phalanges ?
Cet air majestueux, ce front calme et serein,
Cette écharpe d'azur qui décore son sein,
Tout leur dit : c'est Berry !..... le noble fils de France !
Au devant de ses pas le Béarnais s'avance.
« Viens ! mon fils ! lui dit-il. Un Ravaillac nouveau
» Dans ton sein jeune encore a plongé le couteau.
» De tes nobles aïeux viens partager la gloire !
» Une si belle mort vaut seule une victoire !
» De mon fils bien-aimé je n'ai point à rougir !
» O mon fils, comme toi, j'aurais voulu mourir !....
» Je n'en eus point le temps. Le poignard régicide
» Avait trop bien rempli son dessein parricide.
» Les destins de ta mort m'ont envié l'honneur.
» O mon fils ! laisse moi-te presser sur mon cœur ! »
Il dit : ses bras alors s'ouvrent au fils de France.
Ces modèles d'honneur, de vertu, de vaillance,

Tous les héros Français, tous les Rois ses aïeux
Le pressent à leur tour dans leurs bras glorieux,
Admirent sa candeur, son air noble et modeste,
Ce regard, où reluit un courage céleste,
Et son front radieux est couvert tour à tour
De palmes, de baisers et de larmes d'amour.

(1) Page 10, *vers* 22 :

Pour lui ce nouveau poste est le poste d'honneur!

M. le vicomte de Chateaubriand dit dans ses Mémoires :
« Monsieur s'était obstiné à venir seul ; mais il ne savait pas qu'un de ses
» meilleurs serviteurs, M. le duc de *Maillé*, avait trouvé le moyen de l'accompagner,
» et de faire la place de l'honneur de la place la moins honorée. »

(2) Page 11, *vers* 28 :

De ce grand attentat lui dira la nouvelle!

« Quel deuil parmi les anciens amis du Prince, ses aides-de-camp, ses serviteurs !
Un d'entre eux manquait à cette scène : chargé d'annoncer le malheur de la
Famille Royale sur des bords lointains, il n'aura eu besoin que de laisser éclater
» sa propre douleur pour exprimer celle de la France. »

Mémoires sur la vie et la mort de S. A. R. Mgr. le Duc de Berry,
par M. le vicomte de Chateaubriand.

HYMNE FUNÈBRE.

Aux Mânes de Charles Ferdinand
Duc de Berry.
Paroles de Mr. Janillion.
Musique de Mr. Fétis.

CHANT.

Il est tombé l'espoir du di-a-...dême! Un fer coupable a terminé ses jours. L'arrêt du sort l'en-...lève au rang su-prême..... Sang de HEN-RY! tu vois tarir ton cours!

PIANO
ou
HARPE

2

De la dis-corde et de la per-fi-di-e Cou-pa-bles fruits! déplo--

-ra-bles ex-cès!. BER=RY, l'a--mour, l'orgueil de la pa--tri--e,

Tombe frappé de la main d'un Fran-çais!. BER=RY, l'a-mour, l'or--

-gueil de la pa-tri-e, Tombe frappé de la main d'un Français!

Du Béarnais il retraçait l'image ;
La haine fut étrangère à son cœur ;
De la vengeance il ignorait l'usage ;
Ses dons volaient au-devant du malheur.
Vil parricide ! effroi de la nature !
Connaissais-tu le cœur que tu perçais ?
Ce noble cœur, entends-le qui murmure
D'être frappé de la main d'un Français (1) !

BERRY ! ta mort éternise ta vie ;
Que tu fus grand sur ton lit de douleur !
Tes derniers cris furent pour ta Patrie ;
Tes derniers vœux furent pour son bonheur.
De Marius le bourreau s'intimide :
Quoi ! la pitié dans son cœur trouve accès !
Le fer échappe à sa main homicide !
Et BERRY meurt de la main d'un Français !

Divinités ! punissez ce grand crime !
Peuples ! guerriers ! aux pieds des saints autels
Priez..... priez pour l'auguste victime !
Son front est ceint de lauriers immortels.
Dieux ! protégez CAROLINE éplorée !
Portes du ciel, entr'ouvrez-vous !..... BERRY
Vient prendre place à la voûte azurée !
Reprends ton cours, noble sang de HENRY !

(1) Dans la nuit fatale du 13 Février, le Prince s'est écrié : « Qu'il est cruel de mourir
de la main d'un Français ! »

DE L'IMPRIMERIE DE .... E BOURBON, Nº. 11 F. S. G.

www.ingramcontent.com/pod-product-compliance
Lightning Source LLC
Chambersburg PA
CBHW061734180626
46818CB00006B/2614